O CAMINHO DO ARCO

神箭手

〔巴西〕保罗·柯艾略 著

〔德〕克里斯托弗·尼曼 绘　　郑涛 译

北 京 出 版 集 团
北京十月文艺出版社

新经典文化股份有限公司
www.readinglife.com
出　品

致莱昂纳多·奥提卡，

在圣马丁的一个清晨，是他碰到我练习

柔道，

并给了我写这本书的灵感。

吁，玛利亚！无原罪之始胎，

我等奔尔台前，望尔为我等祈！

阿门。

若祈祷没有目标，就像离开弓的箭。

若目标离开祈祷，就像没有箭的弓。

——埃拉·惠勒·威尔科克斯

目 录
Contents

序 幕 / 1

盟 友 / 15

弓 / 29

箭 / 35

箭 靶 / 41

姿 势 / 51

如何搭箭 / 59

如何持弓 / 65

如何拉弦 / 71

如何瞄靶 / 77

射箭的时刻 / 85

重复的意义 / 93

如何注视箭的飞行 / 103

抛开弓、箭和箭靶 / 113

尾 声 / 121

致 谢 / 129

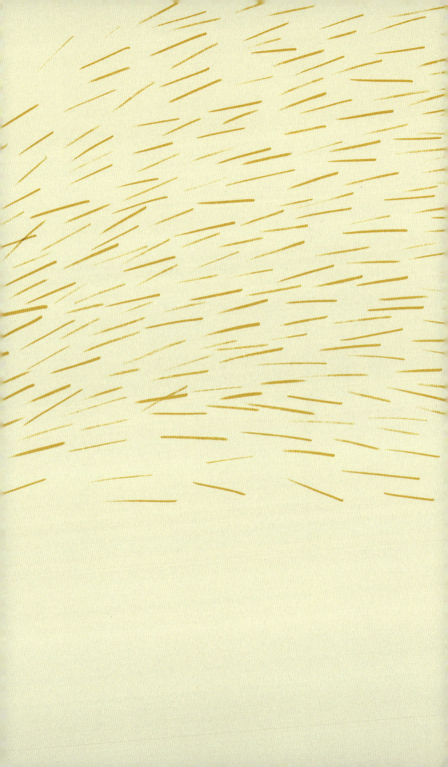

序 幕

Prologue

"哲也？"

男孩惊讶地看着陌生人。

"我们这里从没有人见哲也摸过弓箭，"他回答道，"大家都知道他是一个木匠。"

"也许他放弃了，也许是勇气不再，这些我不在乎，"陌生人坚持道，"但如果他已经荒废了自己的技艺，那么就不能算是全国最好的弓箭手。这也是我找了这么多天，不远万里前来挑战他的原因——我要亲手终结他言过其实的名望。"

男孩见继续争论也没有意义，还不如把眼前的男人带去木匠铺，让他亲眼看看自己错在哪里。

哲也正在自家后院的木匠作坊忙碌。他转过身，看到来访的客人，脸上的笑容一下子凝固了，他的目光紧盯着陌生人肩上的长袋。

"正如你想的那样，"来访者说道，"我来这里不是为了羞辱或是挑衅传奇。我只是想证明，经过这么多年的练习，我的技艺已经无懈可击。"

哲也作势要回身工作——刚刚他正在安装桌腿。

"您作为整整一代人的榜样，不能就这么消失于江湖，"陌生人接着说，"我遵从了您的教诲，并努力践行弓道，我有资格要求您看一看我射箭。如果您答应的话，我马上就离开，并且保证不向任何人透露您这位有史以来最伟大的弓箭大师的住址。"

说着，陌生人从长袋中取出一把漆过的竹制长弓，握着略低于弓把中心的位置。只见他先向哲也鞠了一躬，然后径直走向花园，又向某个特定的方位再次鞠躬。随后，他拿起一支雕翎箭，双腿牢牢站定，以便保持一个稳定的射箭姿态，一只手将弓举到面前，另一只手搭上箭。

男孩在一旁看着，神情既高兴又惊讶。哲也已经停下了手里的活儿，饶有兴趣地观察着眼前这个陌生人。

将箭固定在弦上后，男人把弓抵至胸前，接着又将其举过头顶，随着手臂的缓缓下落拉紧弓弦。

当箭身与他的面部齐平时，弓已经完全拉满。在那如同永恒般绵长的一瞬，弓箭手和弓都保持着静止不动的姿态。男孩望向箭头瞄准的方向，但是什么也看不到。

突然，男人松开拉着弓弦的手，手臂随即向后弹开，弓在另一只手中绘出一道优雅的弧线，而箭从视野中消失，随后又在远处再次出现。

"去把它拿回来。"哲也说。

男孩取回了箭——它射穿四十米开外的一颗樱桃，落在了地上。

哲也向弓箭手鞠躬致意，然后走到木匠作坊的一角，拿起一根看起来像细木条的东西。它拥有优美的曲线，上面包裹着一长块皮革。接着，哲也不紧不慢地解开皮革，里面是一把和陌生人手中的长弓类似的弓，只不过看起来已经很旧了。

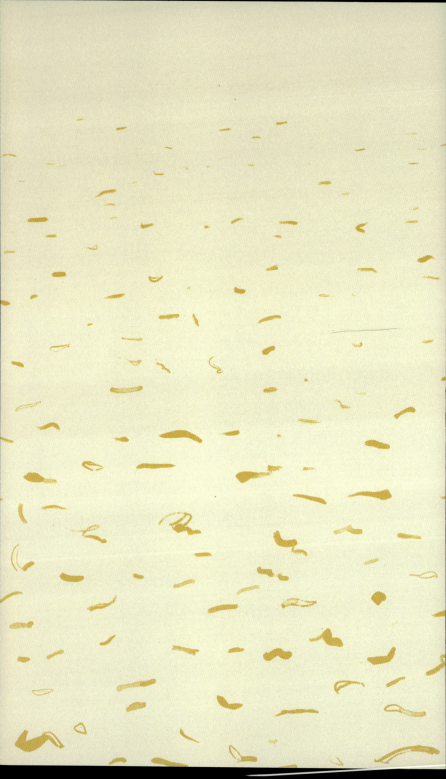

"我没有箭，所以需要向你借一支。我可以答应你说的要求，但是你必须遵守你的承诺，永远不要向别人透露我住在哪个村庄。如果有人问起我，就说你为了找我走遍天涯海角，最后得知我被毒蛇咬伤，不过两天就一命呜呼了。"

陌生人点头同意，并递上自己的一支箭。

于是，哲也将弓的一端抵在墙上，用力将弓弦拉好。然后，他一言不发地走出作坊，朝着山里走去。

陌生人和男孩跟在他身后，他们走了一个小时，来到两块巨石间的一处裂谷之上。下方河水湍急，中间只有一座吊桥可供通行，但是吊桥的绳索已经朽烂，整座吊桥摇摇欲坠。

哲也从容地走到不断晃动的危桥中间，向对岸的某样东西鞠了一躬，接着像陌生人先前那样架好了弓，将它举过头顶，拉回胸前，然后松开弓弦。

男孩和陌生人看到射出的箭击穿了二十米开外的一枚熟桃。

"你射中的是樱桃，而我射中的是桃子，"哲也回身来到悬崖边的安全地带，"樱桃的体积更小。你命中的目标在四十米开外，而我的目标只有一半的距离。那么，刚刚我做到的事你也有能力做到。现在，你走到桥的中间，重复一遍我刚才的动作。"

陌生人战战兢兢地走到危桥的中央，直勾勾地盯着脚下的峭壁。他重复了哲也先前的仪式性动作，接着朝桃树射箭，却偏得十分厉害。

那人回到悬崖边，脸色一片惨白。

"你本领高，自尊心强，姿势也好，"哲也娓娓道来，"技艺娴熟，能很好地控制弓箭，却没法掌控你的心境。你能够在一切有利的情形下射箭，可一旦置身危险地带，就无法命中目标。然而，弓箭手有时是无法选择战场的，请重新开始你的训练，为不利的情形做好准备。请继续追随弓道，因为这是终生的修行。但是要记住，正确且精准地射箭与带着平静的灵魂引弓有很大的不同。"

陌生人再次深深地鞠躬，将弓和箭放回肩上的长袋，接着转身离开了。

在回去的路上，男孩表现得十分激动。

"你打败他了，哲也！你肯定是最棒的弓箭手！"

"在学会倾听和尊重他人之前，我们永远不应该对他们妄加评判。陌生人是个好人。尽管表面看起来像是另一回事，但是他并没有羞辱我，也没有尝试去证明自己比我更强。虽然看起来好像是他要挑战我，可他只是想展示他的本领，希望得到认可。况且，偶尔面对某些意外也是弓道的一部分，这也正是今天陌生人带给我的考验。"

"他说你曾是最棒的弓箭手，我之前甚至都不知道你这么厉害。那你为什么还要待在木匠铺里呢？"

"因为弓道适用于生活中的一切，而我的梦想就是和木头打交道。况且，遵循弓道的弓箭手不需要弓，也不需要箭和箭靶。"

"村里从来都没有什么有趣的事情，而现在我突然发现站在我面前的竟然是一位弓箭大师，"男孩双眸闪闪发光，说道，"弓道是什么？你可以教我吗？"

"要教你不难。我们回村路上边走边说，不用一小时我就能教完。难的是需要每天练习，直到掌握必要的精准度。"

男孩的眼神仿佛是在祈求一个肯定的答复。哲也默默地走了将近十五分钟，当他重新开口说话时，声音听起来更加年轻了：

"今天我很高兴，因为我没有辜负那个多年前救过我性命的人。正因为如此，我会教你所有必需的法则，但是我能做的也仅有这些而已。如果你能听懂我讲的内容，那么便可以将这些教导用到任何地方。

"刚刚，你称呼我为大师。那什么才是大师呢？我的答案是，大师并非传道授业之人，而是能够激励学生尽自己最大的努力，去发掘那早已藏在灵魂深处的潜能之人。"

在两人下山的途中，哲也将弓道娓娓道来。

盟 友

Allies

如果弓箭手不同其他人分享射箭的快乐，就永远不会知道自己的优点和缺点。

　　因此，在开始做任何事之前，都需要先寻找盟友，寻找那些对你正在做的事情感兴趣的人。

　　我说的不是"寻找其他弓箭手"，而是寻找那些有不同能力的人，因为弓道与所有由热情浇筑的修行之道都是相通的。

你的盟友不必让所有人都仰视，并且赞不绝口：
"没有人比他更出色了。"恰恰相反，你的盟友应当
是那些无惧犯错，而且确实会犯错的人。正因如此，
他们的工作不总是能得到别人的认可。但他们正是
那种改变世界的人：在犯过许多错误之后，他们最
终能够做对一些事情，真正地影响周围的环境。

他们从不被动地等待事情发生，然后再决定采
取何种态度；他们总是一边行动，一边做出决定，
即便知道这样可能充满危险。

对于弓箭手来说，同这样的人交往十分重要，因为他必须明白，在面对目标之前，随着弓被举在胸前，他首先需要足够自如，以便控制箭的方向。而当他放开手、松开弓弦时，应当这样告诉自己："当我拉弓的时候，已经走过了长长的一路。现在我松开手中的弦，知道自己已经承受了必要的风险，我已经做到了最好的自己。"

那些最好的盟友，他们的思考方式异于常人。因此，在寻找能与你分享射箭热情的同伴时，要相信你的直觉，不必在意他人的眼光。因为人们总是以自己的条条框框去评判他人，而周遭人群的意见又常常充满了偏见与恐惧。

亲近所有那些愿意尝试、冒险、跌倒、受伤，然后重新冒险的人。远离那些断言事实、批判异类、犹豫不决、瞻前顾后、害怕出错的人。

　　亲近那些思想开明、不怕展现弱点的人，因为他们知道，只有当停止批判旁人，真正去关注他们在做的事情、去钦佩他们的付出和勇气时，才能不断地提高自己。

也许你认为面包师、农夫等群体不会对射箭感兴趣，但是让我来告诉你，他们能将所看到的东西运用到自己的工作中去。你也需要做到同样的事情：学习面包师如何熟练使用双手，如何掌控各种原料的精确配比；学会像农夫一样拥有耐心，像他们那样辛勤工作，懂得遵循季节规律，而不是抱怨天时不当，因为那不过是浪费时间罢了。

亲近那些如弓般灵活、能够审时度势的人。当遇到不可逾越的障碍，或是发现更好的机会时，他们总会毫不犹豫地改变方向。他们就像流水一般灵动，绕开沿途的石块，适应河道的走向，有时汇聚成湖泊，待填满低洼后，又继续踏上旅程，因为水永远不会忘记大海才是自己的目的地，而它也终将抵达那里。

亲近那些永远不会停下脚步的人。他们从不说"可以了，我就到这儿为止吧"，因为就像冬天过后是春天，没有什么是停滞不前的。完成你的目标后，你需要带着学到的东西，踏上新的征途。

　　亲近那些乐观开朗的人。他们唱歌，讲故事，享受生活，眼神中永远充满快乐。因为快乐可以传染，而且总是能帮助我们战胜抑郁、孤独和困难。

亲近那些对工作充满热情的人。但是为了你们能互相取长补短，你也必须用好自己的工具，不断提高完善自己的本领。

那么，接下来就让我们来讲一讲你的弓、箭、箭靶，以及你的弓道。

The Bow

弓就是生命，所有能量的源泉。

箭终有一天会离开。

箭靶这个目标尚在远处。

但是弓将永远留在你的身边，你需要学会如何照料它。

它需要休息的时间。如果一把弓总是处于备战和紧绷的状态，它将失去力量。因此，要给它休整和恢复的时间，这样，当你拉开弓弦时，它就是愉快的、充满力量的。

弓没有自己的意识，它是弓箭手手臂和意愿的延伸。它可以用来杀人或是冥想。因此，一定要清楚自己的意图。

弓有弹性，但也有限度。超过它承受范围的力量会将它折断，或是弄伤握弓的手掌。因此，要尝试与你的伙伴和谐共处，不要向它提出过分的要求。

虽然弓的松弛或拉紧掌握在弓箭手的手中，但是手只是全身所有肌肉、弓箭手所有意念、射箭所有力量汇聚在一起的地方。因此，为了在拉弓时一直保持优雅的姿势，你需要学会只付出最低限度的消耗，节省精力。这样，你就可以射出很多箭，而不感到疲倦。

　　若你想要真正理解手中的弓，那么它就必须变成你手臂的一部分，成为你思想的延伸。

箭

The Arrow

箭即意图。

正是它将弓的力量同箭靶的中心紧紧地连接在一起。

意图应当是清晰的、直接的、平衡的。

箭一旦射出，就再也无法回来。因此，与其因为弓已经被拉开、箭靶已经就绪便草率行事，不如在预备动作不够准确的时候，便果断中止尝试。

但永远不要因为害怕犯错，而不敢释放手中的箭。如果做对了动作，那就大胆放开手，松开弓弦。即便没有命中目标，你也能学会下一次该如何校准方向。

如果不去冒险，你永远不知道需要做出哪些改变。

每一支箭都会在你心中留下一段记忆，正是这些记忆的累积，不断精进着你的技艺。

箭　靶

The Target

箭靶就是需要达成的目标。

箭靶由弓箭手选择。尽管它和我们之间有很长一段距离，但我们也不能因为无法命中而怪罪于它。这也是弓道的妙处所在：你永远不能以对手更强大为借口，替自己开脱。

是你自己选择了箭靶，因此你必须担负起责任。

无论箭靶的大小和位置如何，你都必须站到它面前，尊重它，在心灵上靠近它。只有当你的箭瞄准箭靶时，你才能松开手中的弓弦。

如果你把箭靶视为敌人，也许你能够很好地命中目标，却永远没办法提升自己的内在。终其一生，你只是在尝试将箭射入纸片或木块的中心，这绝对是徒劳无益的。而当你遇到其他人的时候，也只会抱怨自己将时间都浪费在重复无聊的举动上。

　　因此，你需要学会选择箭靶，尽自己最大的努力去射中它，永远以尊重的眼光看待它；你需要明白箭靶究竟意味着什么，明白你得付出多少努力、练习和决心。

当你看向箭靶的时候，眼光不能只局限于它，而应该将周围所发生的一切都考虑在内，因为其他被你忽略的因素也会影响箭的飞行，例如风向、重力和距离等。

你必须了解你的箭靶，并且不断地问自己："如果我是箭靶，我在哪里？我希望以何种方式被命中，从而给弓箭手带去应得的荣耀？"

箭靶仅仅因为弓箭手的存在而存在，弓箭手想要命中它的愿望才是它存在的意义，否则，它只不过是一件没有生命的物体：一张无人问津的纸片，或是一枚默默无闻的木块。

与箭寻找箭靶一样，箭靶也在寻找箭，因为正是箭赋予了它存在的意义。它不再是一张纸片，而是弓箭手的整个世界。

姿 势

Posture

当弄清楚弓、箭和箭靶后，想学好射箭，你还需要做到宁静和优雅。

宁静来源于内心。尽管有时不安的思绪会折磨你，但你的内心清楚地知道，通过正确的姿势，你一定可以做到最好。

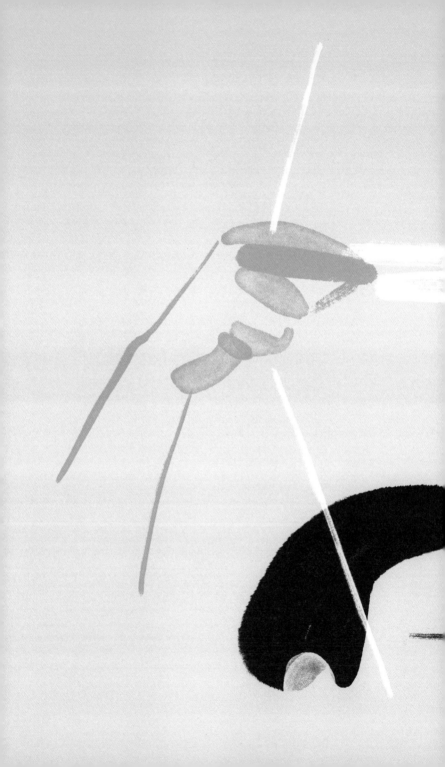

优雅不是表面功夫，而是一个人为自己的工作和生活带来荣誉的方式。因此，当你偶尔觉得姿势不舒服时，不要认为这是假的或者做作的；恰恰相反，那是真的，因为优雅本就是困难的。优雅的姿势能让箭靶通过弓箭手的尊严感受到荣耀。

优雅的姿势不是最舒服的体态，却是完美射箭所需要的那一种姿势。

将所有的纷繁冗余抛于脑后，就完成了最优雅的姿态，弓箭手也收获了纯粹和专注。姿势越精简，也就越优美。

雪花因为纯白而显得动人，大海因为坦荡而显得壮美，可无论是大海还是雪花，它们又都是深邃的，对自己有着深刻的认知。

如何搭箭

How to Hold
the Arrow

搭箭的过程就是探索决心的过程。

你需要沿着箭身的长度，查看箭羽是否整齐无缺，检查箭头是否足够锋利。

确保箭身是笔直的，没有因为前一次射箭而弯曲或受损。

箭身的简洁和轻盈，可能使它看起来脆弱不堪，但是弓箭手的力量能让箭带着他身体和精神的能量，一直奔向遥远的远方。传说，一支普通的箭曾射沉了一艘船，因为射箭者知道船身哪里的木材最薄弱，他射穿的箭孔使得水流悄无声息地渗入底舱，最终解除了家乡被外来者入侵的威胁。

箭是从弓箭手指尖出走的决心，向着箭靶飞驰而去，因此，它会自由地飞翔，沿着松开弓弦那刻便选定的路径前行。

风力和重力会影响它的飞行，但这只是旅行途中的插曲；就像树叶不会因为被风暴刮走而不再是一片树叶。

一个人的决心就应当是这样：完美、直接、锐利、坚定、精准。当它穿越空间，奔赴自己的命运时，没有人能将其阻拦。

如何持弓

How to Hold
the Bow

保持冷静，深呼吸。

盟友正注视着你的一举一动，必要的时候，他们定会挺身而出。

但是，别忘记对手也正在观察你，他知道如何区分沉稳和颤抖的双手。因此，如果感到紧张，就深吸一口气，这样能帮助你在做每个动作时，都保持精力的集中。

当你拿起弓，优雅地举在身前时，尝试在脑海中重温箭射出前的每一个动作。

但不用紧张，因为我们不可能把所有的规则都牢记在脑中；带着轻松的心情出发，随着脑海中浮现出过往的记忆，你将想起那些最困难的时刻，以及自己又是如何将它们克服的。

　　这会赋予你信心，你的双手也将停止颤抖。

如何拉弦

How to Draw
the Bowstring

弓是演奏音律的乐器，弓弦就是音符跳动的琴弦。

弓弦很长，但是箭只会触碰其中的一小截，正是在这一小截里，弓箭手需要集中自己所有的智慧和经验。

如果左右稍微偏离了些许，或是上下略微误差了几分，就会永远地错过箭靶。

因此，你需要像乐手演奏乐器那般，拉开手中的弓弦。对于音乐来说，时间比空间更加重要；乐谱上的音符组合本身没有意义，是奏乐的人读懂了它们，并将它们转化为声音与旋律。

正如箭靶因弓箭手的存在而存在，弓也因箭的存在才有意义——因为箭可以被徒手掷出，但是没有箭的弓不再有任何用处。

因此，当你伸展双臂，不要想象你正在拉弓。在你的脑海中，箭才应是一切的中心，它静静地等在那里，当你绷紧弓弦时，弓的两端不断靠近；你要小心翼翼地触碰弓弦，请求它配合你的演奏。

如何瞄靶

How to Look at
the Target

很多弓箭手抱怨，尽管已经练习了多年的箭术，但还会感到心脏在焦虑地跳动，双手颤抖，无法瞄准。他们需要明白一件事：弓和箭本身改变不了任何事情，是射箭的技艺让我们的错误更加明显。

假设有一天你失去了对生活的热爱，你射出的箭将会偏航、受挫。你会发现自己没有足够的力气拉满弓弦，弓身弯折的曲线也不再优雅动人。

某天早上，当你看到偏离的箭时，你会试图寻找背后的原因，然后你便能找到那个困扰自己，却一直隐匿不见的问题。

　　相反的情况也会发生：你射出的箭准确无误地命中，弓弦发出音乐般的旋律，鸟儿在你的身边欢歌笑语。这样，你就知道自己已经做到了最好。

然而，无论射出的箭是偏离还是命中了目标，都不要让自己受到它们的影响。未来还有很多日子等着你，每一支箭都是一次新的开始。

利用好每一次失败，找到让自己紧张颤抖的原因。利用好每一次成功，找到通往内心宁静的道路。

但是，无论恐惧还是欢愉，你永远都不要停下脚步，因为弓道的修行没有终点。

射箭的时刻

The Moment of Release

有两种不同的射箭方式。

第一种是精准而没有灵魂的射箭。在这种情况下，尽管弓箭手的技艺十分娴熟，但是他的眼中只有箭靶，因而他没有进步，也没有勉力成长，渐渐厌倦和腻烦。终有一天他会放弃弓道，因为对他而言，一切都变成了乏味的重复。

第二种是有灵魂的射箭。这时，弓箭手的决心变成了箭飞行的航道，手松开弓弦的时机恰到好处，弓弦发出的美妙音符引来鸟儿的鸣唱；看似矛盾的是，瞄向远方的射箭姿势，却激起了向自我的回归与同自我的重逢。

拉弓，吸气，集中注意力，明确目标，保持优雅的姿势，尊重箭靶，你明白自己为这些付出了多少努力。你也要明白，在这个世界上，没有什么能长久地陪伴我们，在某个特定的瞬间你必须学会放手，让你的决心奔赴属于自己的命运。

因此，箭必须离开，无论你多么热爱达成优雅姿态和正确决心的那些步骤，无论你多么怜惜它的箭羽、箭头和箭身。

但是，弓箭手在做好准备之前，不能轻易松开弓弦，因为这样射出的箭无法抵达箭靶。

而若弓箭手已摆好姿势、集中注意力多时，这之后也不该再将箭射出，因为身体会过度紧绷而无法坚持，双手也会开始颤抖。

　　箭离手的那一瞬间，弓、弓箭手和箭靶应该恰到好处地汇聚在宇宙中的某处，这就是所谓的灵感。

重复的意义

Repetition

姿势是动词的化身，或者说,动作即思维的表达。

一个细微的举动就能暴露我们的内心，因此我们需要打磨一切、完善细节、学习技巧，直到所有的动作都变成一种直觉。直觉无关习惯，那是超越技艺的一种精神状态。

这样，经过无数次的练习，我们不需要再费力思考所有的准备步骤，因为它们已经成了我们自身的一部分。但要做到这一点，必须训练，再重复。

如果这样还不够，那就不停地重复，再训练。

仔细观察技艺娴熟的铁匠是如何锻造钢铁的；虽然对于外行人来说，铁匠只是在重复着同样的锤打。

　　但对那些熟知弓道的人来说，他们知道铁锤的每一次起落都是不同的。虽然铁匠的手臂重复着同样的动作，但是当锤子靠近铁块时，每一次的力度都不一样。

重复训练也是一样的道理，尽管看起来是同样的动作，但每一次又都大不相同。

仔细观察风车是如何运转的。虽然对于那些不曾留心的人来说，风车的扇叶似乎总是按照恒定的速度，重复着同样的轨迹。

但那些了解风车的人知道，扇叶始终在适应风速的变化，必要时还会改变旋转的方向。

成千上万次的锤打造就了铁匠的技艺。而经年累月的疾风则磨亮了风车的齿轮，锻造出飞驰的扇叶。

弓箭手允许自己的箭偏离目标，因为他知道，只有在不惧失败地重复无数次的训练后，他才能真正领悟弓、姿势、弓弦和箭靶的重要性。

而真正的盟友绝不会批评他，因为他们深知训练的必要性——这是不断完善自我的唯一方式。

直到有一天，弓箭手不再需要思考下一步应该做什么动作。从那一刻起，弓、箭和箭靶就都变成了他的一部分。

如何注视箭的飞行

How to Observe
the Flight of the Arrow

箭一旦射出，除了目送它飞向箭靶，弓箭手什么也做不了。从这一刻起，射箭时必需的紧张感也没有了存在的理由。

这时，虽然弓箭手的目光还停留在飞翔的箭上，但是他的内心放松下来，嘴角泛起微笑。

松开弓弦的那只手顺势弹开，握着弓把的手则慢慢前伸，弓箭手必须张开双臂，诚挚地迎接盟友和对手的目光。

如果弓箭手训练得足够多，如果他所有的动作已经成了本能，如果射箭时他全程保持了优雅和专注，那么他便能感到宇宙的存在，便会明白自己所做的是正确的、值得的。

娴熟的技艺让双手沉稳，气息均匀，目光笃定。直觉和本能则让射箭的瞬间变得完美。

　　弓箭手双臂张开，目光牢牢地追随着箭身，从他身边经过的人会误以为他愣在了原地。但是盟友知道，弓箭手的思绪只是去到了另一个维度，在那里，他与整个宇宙都紧紧联系在一起。

他的思维没有停下，他汲取着有益的教训，纠正着可能出现的错误，接纳着自己的成长，等着看箭镞会如何命中箭靶。

当弓箭手拉开弓弦，他可以透过弓看见整个世界。

当弓箭手注视箭的飞行，这个世界便不断靠近他，爱抚他，让他感到自己完美地完成了使命。

每一支箭的飞行方式都是不同的。即便有一千支箭，它们每一支都会划出属于自己的轨迹。这就是弓道。

抛开弓、箭和箭靶

The Archer Without Bow,
Without Arrow, Without Target

当弓箭手能够丢下弓道的所有规则，仅仅遵从自己的直觉和本能，他便真正掌握了射箭的精髓。然而，要做到抛开规则，首先必须学会尊重并理解它们。

等弓箭手能做到这些，他便不再需要手中那些帮他学习的工具。他不再需要弓，不再需要箭，也不再需要箭靶，因为比起带我们走进弓道的种种工具，道本身要重要得多。

这就像正在学习阅读的学生，有一天他将自己从一个个孤立的字母里解放出来，开始从中拼出单词。

但是，若所有的单词都紧挨在一起，它们就丧失了意义，或者令人费解。单词之间需要留有空隙。

弓箭手在射箭的间隙，重温自己的动作，与盟友聊天，放松心情，为自己活着这个事实感到满足。

弓箭之道就是喜悦与热情之道，完美与错误之道，技艺与直觉之道。

"但你只有在一箭又一箭的尝试后，才能真正领悟弓道的奥义。"

尾 声
Epilogue

哲也说完这些的时候，他们已经到了木匠铺的门口。

"谢谢你陪我走回来。"他对男孩说道。

但是男孩没有离开。

"我怎么才能知道自己做的是对的呢？我怎么才能确定我的目光是集中的，我的姿势是优雅的，我拿弓的方式也是正确的呢？"

"想象有一位完美的大师永远陪在你的身边，然后尽自己最大的努力去尊重他，不辜负他的教诲。这位大师，很多人称之为上帝，也有人叫他'那种东西'，还有人称之为'天赋'。大师会一直在那里看着我们。

"他值得最大的尊重。

"不要忘记你的盟友：你必须给予他们支持，因为他们也会在你需要的时刻挺身而出。尝试做一个善良的人，这会帮助你保持内心的宁静。但最重要的是，要记住：也许我告诉你的这些话能够启发你，可是只有当你真正付诸实践，它们才有意义。"

哲也挥手道别，但是男孩请求道：

"我还有一个问题，你是怎么学会射箭的？"

哲也思索了片刻，这个故事值得讲吗？但今天是个特殊的日子，于是他打开了作坊的大门，说道：

"我先去泡茶。我可以告诉你这个故事，但是你要和陌生人那样，保证不把我会射箭这件事告诉别人。"

说完，哲也走进作坊，打开灯，将弓重新用长条皮革包裹好，然后放到一个不起眼的角落。就算有人偶然发现，也只会认为这不过是一截弯曲的竹棍。接着，哲也走到厨房，沏好茶，在男孩的身边坐下，开始讲述他的故事。

"那时，我为附近的一个大农场主工作，负责打理他的马厩。但是因为主人经常外出旅行，我有很多的空闲时间，于是整日把精力消磨在酒精和女人身上，以为这就是活着的真正意义。

"有一天，在连续通宵几个晚上之后，我感到一阵头晕目眩，接着就在田间跌倒。我以为这回死定了，放弃了所有的挣扎。但是一个我从没有见过的人恰巧路过，他救下了我，将我带回他家——一个距离这里很远的地方。然后，他又接连照顾了我好几个月。在我休养身体期间，每天总能看到他拿着他的弓和箭出门。

"当我感觉恢复了一些的时候，便请求他教我射箭，因为那可比照看马匹有趣多了。但是，他却告诉我，我死期将近，此刻做什么都无济于事了，因为我先前给自己的身体造成了太多的损害，现在距离死亡只有咫尺之遥。

"他又说，假如我想学习射箭的话，那只不过是阻止死亡进一步接近而已。在大洋彼岸的一个遥远国度，一位智者曾告诉他，对于死亡的降临，我们有办法拖延一些时间。不过，就我个人的情况来说，我需要清楚自己余生都会一直行走在危险的边缘，并且随时可能坠入死亡的深渊。

"接着，他教会了我弓道，将我介绍给他的盟友，让我参加各项比赛，很快我的名声就传遍了全国。

"当看到我已经学得足够多，他便收回了我的箭和靶，只留下弓作为纪念。他告诉我，要用从他这里学到的东西，去做真正能让自己充满热情的事情。

"我回答他，说自己最喜欢的就是做木匠活儿。于是，他祝福了我，并要求我，在弓箭手的名望将我毁掉或是将我带回原来的生活之前，离开那里，去追寻自己真正热爱的事情。

"从那时起，我每分每秒都在同坏习惯和自怜自艾做斗争。我时刻保持专注和冷静，用心做好自己选择的工作，不再让当下的忧虑困住自己。因为我知道死亡就在不远处，深渊就在脚边，而我依然行走在悬崖的边缘。"

哲也没有说死亡一直在每个人的身边。男孩还很年轻，没必要惦记着这些事情。

他也没有说弓道其实存在于我们生活的方方面面。

他只是祝福了男孩，就像很多年前别人祝福他那样，然后他让男孩回家去，因为在这漫长的一天过后，他需要休息了。

致　谢

感谢奥根·赫立格尔和他的《箭术与禅心》。

感谢施瓦布社会企业家基金会的执行总监帕梅拉·哈特根，为我描述了盟友的品质。

感谢邓·杜普罗斯培洛和杰克雅·杜普罗斯培洛，他们与小沼英治合著的《弓道》令人受益。

感谢卡洛斯·卡斯塔尼达，为我描绘了巫师艾利亚斯与死亡的奇遇。

图书在版编目（CIP）数据

神箭手／（巴西）保罗·柯艾略著；郑涛译；（德）
克里斯托弗·尼曼绘 . —— 北京：北京十月文艺出版社，
2023.9

ISBN 978-7-5302-2318-5

Ⅰ.①神… Ⅱ.①保… ②郑… ③克… Ⅲ.①儿童小
说－短篇小说－巴西－现代 Ⅳ.①I777.84

中国国家版本馆CIP数据核字（2023）第107397号

著作权合同登记号 图字：01-2023-2503

O CAMINHO DO ARCO by Paulo Coelho
Copyright © 2003 by Paulo Coelho
Copyright © 2017 by Diogenes Verlag AG Zurich
This edition was published by arrangements with Sant Jordi Asociados Agencia Literaria S.L.U.,
Barcelona, Spain, www.santjordi-asociados.com, through Bardon-Chinese Media Agency
All Rights Reserved

神箭手
SHENJIANSHOU
〔巴西〕保罗·柯艾略 著
〔德〕克里斯托弗·尼曼 绘
郑涛 译

出　版	北京出版集团	
	北京十月文艺出版社	
地　址	北京北三环中路6号	
邮　编	100120	
网　址	www.bph.com.cn	
发　行	新经典发行有限公司	
	电话 (010)68423599	
经　销	新华书店	
印　刷	北京富诚彩色印刷有限公司	
版　次	2023年9月第1版	
印　次	2023年9月第1次印刷	
开　本	850毫米×1092毫米　1/32	
印　张	4.5	
字　数	57千字	
书　号	ISBN 978-7-5302-2318-5	
定　价	49.00元	

质量监督电话　010-58572393
如有印装质量问题，由本社负责调换